ダメな女

DAME na ONNA

美砂

misa

文芸社

ダメな女

はじめてもいいですか？
生の歯車の間で
あまりにもちいさいもの　の
それでも魂が揺れるたび
書くことを欲した女の
独り言を。

ある日は淋しく、ある日は幸せ、ある日は泣いていて、
ある日はだれかを　抱いている。

はじめてもいいですか。
少しも振り向いてくれなかった今日をかかえ
夕暮れ時、町に溶けこんだ色を
ひろおうとしてもひろえずに
気持ちだけいっぱいになって、一日の幕をひいてゆく

そんな　無力な女の
独り言を。

ある日は誇らかで、ある日は恥ずかしく、ある日は絶望し、
ある日は恵まれていることへの奇跡に感謝している

ある日はつきはなした者への悔恨に苛まれ
ある日は未来だけをみつめている　　手が届くのだと
うたがいもせずに

もう　はじめなければならない
そして　それは　はじまっている

宇宙の織りなす無限の存在のなかで

あまりにも　ちいさいもの　の
それでも
あくまでも生きることを欲する女の
はじまりの詩《うた》が

鏡

女は鏡の中で生きている。
女は鏡のくもりをなによりも嫌う。

今日も又

女は光に　自らをてらしだす。

内面をみがけなんて
くそくらえ
すべては
美　なのよ

このハリを
このツヤを

とぅえんてぃふぉー　の
うごめく
この媚態を

みてよ!!

ときに髪をちらし
ときに裸の女神　ミロの……

ときに
残酷な
そのクリスタルな輝きのうちに

法悦の女は
飽くことなく
ほほえみ続ける

手に余る美を
もてあまして

Gあるいは Mに

思い出に生きるなんて、まっぴらだ。
まるで亡き子を忍ぶように、色あせた写真に
しがみつくなんて、まっぴらだ。
思い出は思い出の中でだけ完結させるべきだ。
思い出にひたることは、振り返ること。振り返ることは
敗退、未来への拒絶、現実から身を翻すこと　（あるいは
失われた過去への逆走）

思い出をたぐりよせては愛撫するあなた。
その写真から頬を離し、
ＢＥＨＩＮＤでなく
ＦＲＯＮＴにたちなさい。

ほら、いつか走り続けるあなたが道に迷う。
前にすすむ途上であればこそ、ふいに落ちる一滴の雨だれが
あなたを抱きしめてくれる、あたためて
胸の中に嵐を呼び起こす。確かな手触りをもって。

それが思い出の
あるべき姿だ。

痴漢

痴漢があたしの胸をもんで逃げた
パットでできてるいつわりの
Ｃカップを

痴漢があたしにあそこを
さわってと言った　アイツ
運転しながら
パンツをぬいでた

痴漢が自転車でおいかけてくる
会社がえりのあたしをねらって
寂れた町のうすぎたないくぼみで

毎日6時半を待つ

さかのぼって

わけもわからず竹藪のなか
射精のお手伝いまでやらされた
さすってさすってお手てがだるくなるまで
さすって
白い液が
とびだした　幼稚園の
女の子の前で

でっかい
いとこのおにぃちゃんが

こたつのふとんのしたで
そっと太股に手をおいた
中学生のあたしはみじろぎもせず
かたまっていた

だってかたまることしかできない
アイツたちはそれを見抜く
ひとめで

ねじれて醜い愛の形ね
あたしを恥ずかしくさせることが

精一杯の
飽くなき性の証《あかし》

冬の日　新幹線にて

サラリーマンなのか、
出張なのか、
ネクタイにスーツにコートに皮の靴
みな、少し老け込み、頭には白いものがまじっている
あるいは、もう髪の残り少ない人もいる……

いままでなら、「中年」というひとくくりで
ふりかえりもしなかった人たち
なのに
あなたをしってから
あなたをそこにみつけようとしているのだ……

彼らも、心にままならぬ思いを　ひっそりと
かくしているような気がして、
夢とはちがう仕事や、半分終わった人生を
あきらめながら、
それでも「恋しい」という思いを　かつて抱いたであろう、
もしかすると、今も抱いているかもしれない
そんな物語を想像しては、
私は少し　いとしくなる。

「愛」という言葉が、童話のように
遠くへぬけがけていった人たち、
そんな言葉を口にだすには、あまりにも
年を重ねすぎた人たち、
あたえられた日常を、
守らねばならぬ日常として生きることを選んだ人たち。

彼らの話……なんということもない……
文字どおり、ただの話しに空気までのっとられて
私は少し　せつなくなる

「おまえは変わらない」と言われながら、もうけして若くないあなたを
すでに輝きも、情熱も、夢さえもみいだせないあなたを
何度も病気のように恋におちながら
そのつど
何一つ捨てることのできなかったあなたを
思いながら。

やわらかなしきり

ぎゅっと抱きしめてあげたい
あなたを
目に見えぬ
やわらかなしきりを
こえて

コトバは飾れば飾るほど
溢れる思いから
かけはなれてゆく

ひとりぼっちのあたしには

ひとりぼっちのあなただけが
見えるのに

越えられない
やわらかなしきりの
　こちらがわで
あたしは

腕やりばなく
自分の肩を
抱いています。

いいわけ

多情なのを許してね。
あなたより、素敵な人など
この世にはいないと　わかっています。
だからこそ、
あなたに嘘をつくのよ。
あなたを傷つけたくないの。
私にとって　あなたは
男　などという域をとうに越えてしまっているのだから。※
ようするに　あなただけには嫌われたくないのよ。幾千万を敵にまわしても。
ようするに　私はあなたの奴隷なのよ。
はたからどんなふうに倒錯して見えようとも
あなたが私を捨てない限り

私はあなたを捨てられない。

私が足音を忍ばせて　帰ってくる
その時　そのうしろめたさ全てが、
あなたへの
愛なのよ。

※言い換えれば、永遠の男であり、師であり、ライバルであり、前世からの兄弟であり、最も尊敬すべき友であり、選ばれた運命であるということです。

MOTHER

わたしの心をさすらうあなた
その愛の深さゆえ
わたしを未だ苦しめるあなた。

あなたのわたしに対する愛の
いくどとなくよみがえる
こだま。
老いてなお深まりゆく
裏切られた悲しみの祠《ほこら》

許してください。
わたしはあなたから、はなれたかった。

己をとりもどそうとしたのです。
でも、もうあなたを責めたりしません。
すべては愛のせい。
愛なくして、わたしたちの関係はなかったのですから。

料理の上手だったあなた。
器用だったあなた。
よく通る声のあなた。
テレビドラマをみて泣くあなた。
ショパンが好きだったあなた。(幾度となくわたしに幻想即興曲をせがんだ…)
かしこく、何よりも愛情深かったあなた。

わたしには、ほとんど似ていない。外見以外は。
あなたに似なかったのは、わたしの無意識の自己防衛なのか、
いまは、似ていないところに、己のありかを感じます。

あなたの頑強な鉄の翼をへし折り、
花が鳥となったとき
花をかこっていた、あなたの空虚な心を
だれも、どうしようもない

しかし、鳥は未だ拘束されている。
どこにいても、あなたの瞳が
空を向いていることを忘れられずに……

自分

ストッキングをぬいで
ブラジャーをはずして
ガードルをぬいで
化粧をおとして
　次々に
　解き放たれてゆく
　からだ

武装して
仮面かぶる

何のために？

誰のために？
素顔《ほんとう》の自分って
なんて肩身が狭いんだ

いずれ明日がくる
また私は
鏡の前で
　別な誰かをつくりだすのだろう

はぎとった
　愛想笑いを
　　味方につけて

「おかえり」と

「おかえり」と
迎えてあげれば
いいんでしょ

「おかえり」と
おうちにいれば
いいんでしょ

あなたは優しく
それを願う
自分の戦いのために
子供達の安息のために

だから私はここにいる
幸せなカナリヤ
「人形の家」のノラってほど
けなげな妻じゃないけれど
男は外
女は内
そのとおり　ここにいる

でもたまに
ラジカルに走りたくなる
一日の戦い終えて
胸はって帰ってきたくなる

「疲れた」と言ってあたためられて

だれかに評価されたくなる。
そう〝かたち〟あるものとして。

白いエプロンつけたおくさんは
「おかえり」と
笑顔でキスを受け止めながら
たまりゆくこのフラストレーション
どう処理すれば
よい?

秋の夜に

あたたかい飲み物を下さい

ふいに
あたたかい
飲み物が
欲しくなる

ちりちりでもなく
ぬるくもない
湯気は鼻腔を湿らし
唇から喉へと
喉から体へと

体から心へと
広がっていく　生き物みたいな
液体が

外は木枯らし

ぬくもり残る
コーヒーカップを両手でくるみ

あなたに会える日を
待ちわびている
秋の夜

大通りで

ねぇ　赤ちゃん！
君は
おなかがすくと
泣くんだね
抱っこを求めて
泣くんだね
眠れないと
泣くんだね

君みたいに　いつだって
感情を大声で
ぶちまけられたら

どんなに楽なことだろう

今日もまた
寒風唸るいつもの大通り
歩く僕を

泣きたい気持ちは
襲うけれど
やっぱり
泣けないでいるのさ

道行く人よ……
町は灰色

夢は何色？

Sへ

メトロノームは
感情もなく
リズムを刻む

私は目盛りをプレストにセットして
弾けないチェルニー
練習していた

指はたちまち　速すぎる設定音から
取り残されて
鍵盤の上で　のたうっている

メトロノームは
駆け足でひとり
いってしまった

ネジがきれるちょっと前まで
その狂いない時を
絶え間なく　私にしるして

さよなら……
おまえは　音楽を知らない

さよなら……
自分勝手な　三角形の小さなマシーンよ

（メトロノームは男の体の隠喩です）

夜の車

夜の車は
二人だけの隠れ家

ここですることなんて
一つしかない

あなたとあたしは
限りなく近づくのです

さよならまでの

僅かな時間

何にもまして
豊饒なこの時を

ひそひそ楽しむ
二人の影が
夜の世の真実《ほんとう》

モダン・タイムスより

なにしても
ダメでも
「スマイル」

なにしても
ダメでも
手をつないで
歩こう

二人でいれば
なんとかなるって

なにしても
ダメでも
あるいはこの世が
冷たすぎても

僕らの未来は
バラ色なんかじゃないけれど

なにしても
ダメでも
「スマイル」

どこまでも追い立てられる
この果てしない道も

二人で行けば
なんとかなるって

(チャップリンを見ていると、おかしいのにかなしくて、なぜだか、涙が出てしまうのです。そういえば、ルイ・マル作品の「さよなら子供たち」で「チャップリンの移民」を映すシーンは、とびきりせつなくて美しかった……)

菜の花

歪んでしまった訳は
聞かないでください
いつまでも少女のままで
いられたら　いいけれど

物心ついた時
私はすでに
歪んでいたのですから

四月
菜の花
風に揺れ

その黄色に
心揺れても

逃れられない
日々の憂き
背負いながら

歪んだ私は
とぼとぼと
歩いている
鮮やかな黄色の横を

モーツァルト　ディベルティメント　ニ長調

合図とともに　彼らはバスを
刻み始めた
軽やかに　途絶えることなく
リズミカルに。
大譜表の
上の方では　めくるめく旋律が
歌い出す。
明るさの中　ふいの悲しみ
だれのともちがう
天使の羽音。

聴くものをみな

風にする
今たどり着いた湖で
小休止。
ゆるやかに呼吸をととのえている……

そして　またもや合図で
目覚めれば
風は梢を　そよがせて
もう一度　駆け出し

地上から空へと
舞い戻るのは
さきほどの天使。

5月　河原にて

日がおちてきた
　休日も
　　終わりに近づき
山はかげり
　水は冷たさを増す
　　流れ　流れて
明日の仕事が
頭をかすめ
やがて　暗闇に変わる前
幼い子供達は犬ころのよう
　まだかけまわり

　　　　笑っている
私達は疲れ果て　それでも
　　　　　彼らをみつめている
愛しげに　ほほえみながら

夕焼けがすべてを　そめてゆく
そのほんの一片の　きれはし
あるがままの
日常のこの景色に

家族として生きるもの——

あぁ　その営みのなんと無力な
しかし　なんとあたたかな

輝きよ

春まぢか

もう6時だというのに
闇のかけらもなく外は明るくて
降っていた雨も
吹いていた風も　モーツァルトの
クラリネット協奏曲も
気づいた時には　消えていた
城を構築しては爆破させるあなたと
淫らな触覚の化身である私の
あらわにされた目的　快感のための
無上のダンス続けるうちに

子供達の笑い声　迎えにくる

母親の呼び声　近くに響いて
善き人々みな家路を急ぐ時は
お互いが痛々しくさえ見える

影は影にのみこまれ
生暖かい
ふたつのからだは　気だるく　淋しく
満ち足りて　なお求めあうことができる

春まぢか
もう6時だというのに
闇のかけらもなく外は明るくて
世界に手をふった二人が
そっと
季節に追い越されてゆく……

空の方がずっとやさしいのに

なぜ見つめてしまうのだろう
空の方が
ずっとやさしいのに

僕はもう
カエルなんかで　喜べないのだ

なぜ　見つめてしまうのだろう
ほかのものはみな素通りしていく
僕の脳味噌を

ねぇ僕は単純なのか複雑なのか　それとも
猥雑なのか

君、きみ
あふれてこないで
ほほえまないで
笑わないで
髪をおろしたりしないで
僕を見ないで

気が狂うよ

でもやっぱり
僕を見て

喪失

静かにためすのですね
世界でいちばん恥ずかしいのは
私

それは
あらゆる儀式のはじまりかしら
愛らしくうちふるえて
喜びにいななく小さな雛鳥に
過酷ともいえる
新たな瞬間がおとずれるのは

まっぷたつにひきさかれていく
指一本で
殺せるでしょうに

こわされて
なくされて
かろうじて働く思考は
闇をじっと見つめている

あのひとは他人のようだった
痛いのは私だけだった

どうしようもない哀しみがおそったが
やがて　疲れ果て
哀しみと私は
隣り合わせで眠った。

一日が終わる時　あるいは僕の夢

一日が終わる時
僕は僕であることを
噛みしめて味わう
はがゆさと　恥ずかしさと　少々のうぬぼれのうちに

寝床は穴蔵のように僕を迎え入れる
こっそりと
体を埋《うず》めれば
早々と　まどろみが　思考を浸してゆく

そして僕は夢をみる
必ず僕は夢をみる

夢はあきらかに魂の超現実なのだ。
僕の願望　嫉妬　恐怖　憧憬　悲哀……
ようするに僕の魂を如実に再現してみせる
ときに暴力的に、絶えず飛躍しながら
その確かな手触りは
隠されていた真実で僕をつらぬきとおす

それは成就されえぬ小説であり
それは終わりなき映画のよう
過去そして未来へと　無秩序に彷徨しつつ
僕はストーリーを発している
なのに
僕がストーリーを僕の意のままに操ろうとすると
そこまできていた覚醒に
あっけなく引き渡されてしまう

なぜ与えられるのか
明け方の光のなか
僕はいつもの場所へと、駆け出している
はちきれて潔くほとばしるものよ
僕の夢も流れていくしかないらしい

すでに夢ではない今日のはじまりに
突入しているのだから

我が子に

一番高い鉄棒に
君はどうして
手をのばす？

どんなに背のびしても
とどきやしないと　わかっているのに
他の鉄棒には
目もくれず

どうして君は手をのばす？
一番　高い　鉄棒に……

憐れみ

少女の頃
　母のない子の目の前で
　母の話を皆がしていた
　母のない子は
　口笛を　はずれた拍子で
　ふきだした
　立ち去ることもできなくて
私は見ていた
いつのまに覚えたのか
憐れみの目をして
　だまったままで

朝ならば

朝ならば
夢の続きの
君のキスで
やさしく起こして……

僕の耳に　微かに
聞こえてくるのは
過去の忘れ物
　　とぎれつつも
鳴り響いている
目覚まし時計の音

つかまえるように
君に今
手をのばして……

触れるのだ
このやわらかな
　もぎたての
　　愛に

夕まぐれ

母子家庭と呼ばれる親子の　四つの瞳のなかを
日が沈んでいく
太陽はなんてあっけないんだろう

私がいて　この子がいる
それだけでいい
ただ無事に一日を終えられた
夕まぐれ
すぐそばで、この子が笑っている

宗教も
祈りの言葉も知らないけれど

なにもかもに祈りたいような
一日の終わり……
私たちは　許されて
生きている

性懲りもなく

性懲りもなく
私は食べる
吐き気を催すまで

性懲りもなく
私は憤る
ほんのささいな出来事に

性懲りもなく
私は怠る
日々の勤めを

性懲りもなく
私は恋する
恋してはならぬ人に

性懲りもなく
私は泣く
涙を楯《たて》にして

性懲りもなく
私は後悔する
今ここに　いることを

今夜また、奇妙に着飾ったドブネズミが
すり抜けていく裏通り
麻痺した神経の墓穴、進化と呼ばれるものに

目もくらむばかりのこの町で、
約束は破られ
音楽は　あふれかえり……

性懲りもなく
私は繰り返す
なにもかもを

恋人

時代おくれといったらいいかな
地味で、静かで、甘えるわけでもなく
かといって、そっけないわけでもなく
どことなく田舎っぽく
風のにおいがして
なんか
チェックの木綿のさ　ハンカチみたいなね
飾らないけど、いつだって清潔で

だれよりもやさしい　やさしすぎるからか、
損してることにさえ気づかない。
他人の不機嫌の尻ぬぐいなんか

するなって言ってるのに
ほら——右手をあげる如来像
笑顔がまるで　そんな女。

オレは負けず嫌いで　いつも憂鬱で
でも
彼女のことが、好きだった
オレとはほど遠い　　だから

彼女はオレに
必要だった……

最初から分かっていたくせに
オレのそばには　もう

だれもいない

悪夢

おやしらずが今日も痛む
黄色いライトの向こう側……あの藪医者が笑ってたっけ。

　　なにも……なにも　手につかない。

毎夜おそろしい夢をみる。

だから私は夜がこわくて

ほんのつかのまでも
ねむりたくないのに

あいつが追いかけてくる
私の首をしめにくる。

私は今日も涙でまくらを
シミにし
朝はとおくて　とおくて
いつまでたっても世界は
まっくらな
闇なのだ。

かわいそうな女

かわいそうな女がいました。
かわいそうな女はひとりをもとめていました。
だけど
ひとりでは生きられないのでした。

かわいそうな女は
何もできない
自分がいやで
だけど
何一つ捨てることもできず
色あせた　とはいえ
愛には違いないその

ぬるま湯のなかで
たえずうごめいては
もぞもぞしていました。

そして気がつけば夢想しているのでした。
途方にくれる自分を。
それでも
振り返らない自分を。
たった独りぼっちの自分を。

そうやって
かわいそうな女は
いつまでたっても
後悔することしか
できないのでした。

だから　生活にやつれた
まだ若いおかぁさんまで
その精一杯さゆえに
美しくみえて

神様のしつらえた
突然の不幸を
怠惰な我が身に
夢みたりするのでした。

人恋しいのに

だれにも
心根をさらけだしたりはしない

私はあまのじゃくだから
人恋しさに
人に近づいて　人に笑いかけ
人恋しさに
人に甘え　人を引きつけるけれど

人恋しいのに
話していても嘘つきで
人恋しいのに

自ら　はなれていく
結局いつも　一人っきり
人恋しいのに……

海辺で

若い男《コ》
私より　ずっと
若い男
すばらしく
きれいだね

無気力でも、
生意気でも、
無知でも、
世間知らずでも、

〝若さ〟　は

あの　まばゆいお日様より
さらに強烈で、
さらに純な自然そのもので
さらに
わかりやすいのだ

この海辺
失った過去を反芻する
さかりを過ぎた女の
どろり　と濁った
瞳の中で
あなたの茶色な髪の毛
今潮風に　揺れて

若い男《コ》……
あなたに、なりたい

YOU

あなたが
あたしの色の落ちた髪をなぜ
あたしのこわれかけた水晶体をのぞきこんで
あたしの熟れすぎたクチビルにふれるとき

ぞっとするほど　熱い息が
冷えきった耳に　むきだされた首筋に
へびのように　たらたらと
のけぞる　あまりの戦慄に
しだいにくずおれて　あたしは
とろけてゆく黄色いバター

古いストーブは不完全燃焼
くぐもった空気のなか
はしたなく
喘ぎだしたからだを
つたうあかい舌

唾液は
あふれ　ながれ　すいこまれ　またあふれ
音もなく
暗闇でひかる

あなたが
あたしを
かけめぐるたび
あたしは

逃げ場なく
つかまえられるこのひとときを
白い雪ウサギのからだごと
永遠と錯覚してしまう

天国は単純なコトバだけでできている
イヤとか
イイとか
ダメとか
モットとか
ハヤクとか
シヌとか
タスケテとか

おしまいに
赤ちゃんもどきの泣き声をあげます

梅雨に

もう朝だ。
夜は短い。
いいのだろうか。
月日はながれ
毎朝のパンを食べる。
いいのだろうか。
コーヒーをすすりながら
外を眺める。

　雨だ。今日も――

いいのだろうか。

ここにいても。
いいのだろうか。
ここで果てても。

あと何十年もこの家で
このまま　暮らして
いいのだろうか……

（籠の中で飼われて、ときおり鳴けばいい小鳥でしかないとは……）

密かに

密かに
食用花が虫をのみこむ
密かに
どこかで星が消滅する
密かに
町は沈下していく

この夜
あなたにさわる

私の指は冷たくて……

密かに
おうちで眠る赤ちゃんとお母さん
密かに
この部屋の灯りは消され

むくわれないなら
むくわれないまま
密かに
二つの陰は

重なっていく

かなしみは

かなしみは
いつもどこかで
うまれている。

睡眠不足の
ぼやけた頭で
過去を紡いでみても
新しい何か
見つかるわけじゃない。

なのに――
　かなしみは

いつもどこかで
うまれている。

彼方で今
響きわたる
赤ん坊の産声とともに……

守らなければならないものは

汗をかいているね。
おまえは……
　ほっぺも真っ赤だね。
おまえは……
　夢をみているのか
何を微笑む？

安らかな寝息。
さらに
安らかな寝顔。

守らなければ　ならないものは

いつも
こんなに近くにあるのに——
私たちは何を焦って
捜しているのだろう。
いつまでも
いつまでも……

感情

一人では　淋しいからと
恋した君と　一緒になった
とこしえの　愛を誓った　僕らだったけど
セオリーどおりに　愛は冷め
朝起きてから　眠りの夜まで
ずっと言い争いの日々
今じゃ
寝ている部屋さえ
別々さ……

けどたまに　君が

長い髪の毛　おろしていたりするの見て
ささくれだった　気持ちにも
ほんの少し
風が吹く
近づいてそっと
触れてみたくなる

昔のように
恋してすら　いないのに……

コスモス

コスモスの花片、千切っては
「好き」「嫌い」を繰り返す
亜麻色の髪、風になびかせた
少女

まだ愛のはかなさも知らず
ただしゃがんで
おまじないをかけるだけの
気安さ……

　私の恋が今　終わろうとしている
秋の空の下

「好き」「嫌い」の花びらは
その高処（たかみ）に
舞い上がっては
　　落ちてゆく

リボン

今　空解けた
君のリボンが
宙に舞う
もう一度
結んであげたいのに
僕の手は　滞る
ポケットの中
わずかに動いたきり……

（君は僕のものじゃないから）
（僕は君の何でもないから）

そのうちだれかが
君のリボン
結ぶのだろう

僕の手は凍りついてゆく
僕の理性——
いや
僕の意気地なさに　なすすべもなく

がんばれとしか

「がんばれ」としか
言えない
「がんばれ」としか
今　あなたに

言わないでいいのに
やっぱり言うのだ
愚かな　私は
言葉なしでは
耐えられなくて

あなたと目を

あわすことも
できぬままに
「がんばれ」と

抱かれて

薫る
　あなたのシャツから
薫る
　あなたのにおいが

つつみこまれ
あたたかな
毛布のような
眠りに誘（いざな）う
単調な調べ……

それは　海に寄せる

さざ波の音？
それは　こわれかけたオルゴールの
ゆっくりとまわる音？
それは　働き者の母さんが
ミシンをふむ音？
それは　黒いアスファルトに
真っ白な小雪の舞い降りる音？
それは　新たな墓標の前にたたずんで
祈りながら　涙する人の声音？
いいえ　いいえ
それは　あなたの
生きているゆえの鼓動
生きて
今　胸に私を抱いている

あなたは
静かに　薫りながら

子供たちの消えた秋晴れの日

社宅の奥様方は
ワイドショーにくわしくて
昼はうわさ話とカルチャースクールに精を出し、
夜はドラマがいっぱいあってお忙しい
ビデオもセットしなきゃならないし
息子の服はブランド一色
30万する幼児教材
上の子は毎日おけいこごとに奔走
やりなさい
がんばりなさい
はやく
おいてかれちゃいけない

あそこのおちうも
どこのおうちも

いつからか
自然は観賞用であり、非日常の異次元であり、
（週末のオートキャンプで折り合いをつけようとしては
廃棄ガスごとなだれ込む都会人たち）
子供たちは虫をしらない
子供たちは裸足になれない
子供たちはよごれることに脅える
やわらかいものしかかみくだけない
瓜なりみたいなとがった顔で
退屈を恐れている
それにしても

（これこそが大人のしむけた業ゆえか）
生きの悪いめんたまだなぁ……

秋、晴れ渡り、少し寒いほどの風。
木々は呼吸している。折しも絨毯《じゅうたん》と化した
還元されゆく葉の上で。
あの子たちも
耳をすませばきこえるだろうか
瞳をこらせばみえるだろうか
においをかいだり、深く息を吸ったり
身一つでいて
自らの存在を感じることが
できるだろうか……

子供たちの消えた秋晴れの日
自然はあらゆるものに犯されながら
それでも

そこにあるというのに

1999年

詩人なんて
役立たず　えらばれた
言葉と行分けだけで
何ができるっていうの
人にうけるものは退屈で
詩人にうけるものは難解で

今時
詩人なんて
口にすることさえ
はばかられる

それなのに
しがみついているのは
言葉ひとつに
しがみついているのは

他になにもできないから

救われたくて
救われたくて

ミサイルが
無限の空を不敵によこぎっていく
この時代の終わりに

私の書きかけの

詩の上を
うつろなことばが
這い回っている

ミサイルは
どこに
おちたのだろうか

お気楽ね

朝　日替わりみそ汁と納豆
あるいは　ピンク色した鮭
あるいは　卵焼き　塩だけでつくる
あるいは　甘い大根下ろし
あるいは　生卵　白身はとりのぞいて
ぬるぬるするから

もちろん家事もやります
システマチックに
やりたいとこだけ
だれに文句いわれるわけでなし

9時になったら

コーヒー
雨の日も嵐の日も雪の日も
どなたが運んでくれるのかしら？
なんだか悪いわ
ポストには今日と言う日のペーパー
必ず
クリープが冷えて白くかたまっても
読むことはやめない

11時エアロビ教室
適当におなかをすかせて
12時
素敵な時間ね
電子レンジはフル回転
「いいとも」　を見ながら

お口は常に唾液に溢れていて
咀嚼の音
ひきちぎられた
骨付きチキン
しゃぶるのは赤い凶器
かなり巧くキスだってできる

夕食の準備をすませば
悩みそが快復を請う午後2時
厳粛なる横臥療法
メンデルスゾーンのながれる
静かな部屋で
夢みるのは
ハンス　カストルプ君のいる

サナトリウムでの恋
暇なんてない
無限にあるのが
ホン

自堕落に
ブンガク

午後6時
不思議にもわく
空腹感
〝魔の山〟　はまだまだつづくけれど

またしても
素敵な時間がやってきた
さんまの油がすきなの
わかめのみそ汁がすきなの
やわらかすぎる
ほうれんそうの
ごまあえが
お汁をふくみすぎた高野豆腐がすきなの
野菜炒めには
サラダ油をたっぷりすぎるほど使う
ぎらぎらひかったピーマンさん
ごはんはかためにたくのです
タイマーがなって10分
おかまのふたをあければ

一番にあければ
主婦は煙につつまれる
新米のかおりに
胸いっぱいになったりして

お気楽ね

いらだち

いらだちが
いらだって
いらいらが
あわだって
すでに
修復不可能な
自律神経

いらだった
あの人は
まるで

呼吸困難
陸にあげられた
お魚

疲れ果てて
うごかなくなるまで
だまって
みてるしかない

みてるしかない　の

いらだちが
いらだって
いらいらが

あわだって
偶然一緒に暮らしてる
罪のない

おむこさんが
今日も
とほうにくれてる

マジカルハンド

お母さん
あなたの手には
あたたかさがあった

その手はハンバーグにする挽肉をこねたり
春巻きの具を皮につつみこんだり
美しく、お皿を洗い上げたり
私の長い髪をまたたくまに結い上げたり
安い布でもって、ピッタリの洋服を何着もこしらえたり
もっともっと
あらゆることができた

なんという
かけがえのない手だったことか

今　世界で　あなたのような
手が失われていく

だからこそ
私はおぼえているよ
あたたかい手からあふれでていた
子を思う気持ち
物を思う気持ち

私たちの喜ぶ何かを
たゆまずつくりだしていた
それは

魔法の手だった

A・Wに

竹のようにみえて　はたして　竹のように
あの子は　われてしまった

エヴァンスを聴かなくなったわけを
「こーゆーのは、心に入り込んでくるからダメだ」
と言って。そして巷にはびこる　ハンバーガー　みたいな音楽で
気をまぎらしていたのか。

世間では　いや世界でさえ
分裂した精神は
脳腫瘍より　きっと　救いがない

だれもが異質なものに身をひるがえし
だれもが子供や、犬や猫のようには
生きられなかったから。

おぉ　もはや私たちがあの子を
どんなに愛していると悟っても
肩を落としながら、悟っただけなのだ。

それは血縁の残酷さに襲われたゆえの
不安と羞恥と衝撃と混乱と憐憫に
ゆがめられた
　　　　　　　　むなしい愛にすぎない
と。

春と優しさ

近頃じゃ

日暮れが
ますます遅くなって
春は
そこまできているのだろうか

ざわめきだす
世界

恒例の
甘ったるい微風《そよかぜ》にのって

春の息吹が
おし寄せてくると

かじかんでいた体を
もっと強情に
硬くしなければ　ならない

優しさにふれて
弱虫をさらけだすのが
こわいから

優しさは残酷で
優しさは無責任で
優しさに気を許すと
優しさは

春みたいに気まぐれで

いつだって　おいてきぼりに
されるから

土曜日の憂鬱

ある晴れた土曜日
私の心は憂鬱だった
公園で
はしゃぐ我が子を
ビデオでときおり　追いかけながら
私の心は憂鬱だった

日のあたるベンチで
夫はおにぎりを食べている
小鳥はさえずり
木々は緑に濃く萌えて

ジャングルジムが　きれいな芝生に
くっきりと影をおとしていた
蝶は黄色くダンスして
子らが笑う　美しい洋服の
そでをまくり　跳ねながら

こんなに
こんなに　だれもが
幸せそうな　土曜日なのに

すべてをすぎ去った　カレンダーのように
ビリビリと破り捨てたくなるほどに
　私の心は　憂鬱だった

逆むけて

昨日　母親とケンカした
いつのまにか　小指と人差し指に
逆むけができている
反抗すると　できるという……

痛くもかゆくもないけれど
なぜか気になり　薄皮をめくっている

迷信であると信じつつ
浮かぶのは
白髪混じりの母親の
　　吹けば飛ぶよな　後ろ姿

食卓で

髪型の
変わったことには　気もつかず
いつもどおりに　食事をしている
私のつくったロールキャベツ
カボチャのサラダに　きんぴらごぼう
何も言われず
　食べられてゆく

　淋しさは　幸せのなかにある

ただ二人　いられるだけで十分なのに

この暖かい部屋の中
私の心だけが
いつしか　陰ってゆくのです

おやすみ

「さよなら」も「バイバイ」も
かなしいコトバ……
だから　つかいたくないんだって

明日は会えない彼に
別れ際　彼女が囁くのは
「さよなら」でも「バイバイ」でもない

「おやすみ」と手をふるのだ
ほら今も
「おやすみ」と最後に
心　結わえあっている

恋している　二人は

マイルス・デイビスに

はしりつづけること

幾万もの夜を
あなたは
破り捨ててきた

歴史は疎ましく
あなたにもたれかかり
それを
血みどろにぬりかえることでしか
あなたは生きられなかった

踏み出すことの恐ろしさを
知らぬまま
天国への階段を
のぼりつめたのか

「マイルス
　　マイルス」

ほらどこかで
使徒たちの声がする
今じゃ
あなたのつくってきた　道を
おそろしいほどの
行列が群をなしてすすんでいく

すでに
いなくなった
あなたの

(私はあなたを知らないし
私はあなたを語ってはならない

ただその音楽に
ふれることだけを
許されている)

あらゆる暴君のように
極彩色の手だてでもって
世界を手込めにしながら

とりかえしのつかないはかなさと
無邪気なまでの傲慢さを
神のようにならべてゆくのだ

ときおり
氷のように凍えた心を
一パーセントの
極上のやさしさ
無垢《むく》な
こどもだけに可能なあの
やさしさで

なぜさすってやる
自らきずつけたものを

自らの血で

すると
ひれ伏した世界から
涙がこぼれおち

かたくなな心にさえしみてゆく
その奇跡よ

「マイルス
　マイルス」
ほら今日も
使徒たちの声がする

しかしマイルス

彼らは
あなたの黒い屍《しかばね》を
こえて
新たな何かを

はじめられるだろうか

眠ろう

もう　眠ろう。
〝ビル・エヴァンス〟　　聴きながら
それとも
〝モンク〟　　にしようかなあ……
あぁでも　〝ハンコック〟　　が聴きたいのかも
実のところ。

もちろん迷う価値はある。
オレの選んだピアノの音が
オレの選んだ愛撫をくりひろげるのだから

闇に昨日と今日と明日がいて

疲れた獣がよこたわっている。
つめたき地平のやわらかな臥所《ふしど》よ
おまえの香りにうずくまり、休息を味わおう……

（何千回目のマイ・ファニー・バレンタイン。いまのCHORDはなんだったかな、ならったのに思い出せない。あそこで地の果てにおちてゆく、ずっとふかくまで。ふかくまでおちてゆく、無二のおちかたとして記録にきざみこまれた分身にはこぼれておちながら、そのたびにふるえなおすオレ……タイムリミット……おとずれる楽曲の終末——なぜ終わる？　時計は動いているのに。喪失はそのまま、残された者とそのまま、、、そのまま、、、何千回目のマイ・ファニー・バレンタイン……紫陽花に抱かれ揺れている水滴、風を見つめる赤ん坊の瞳、はかり得ぬ可能性の扉。恐れながら触れた青い果実、その甘やかな毒。はじめてキスした日の君の唇、去っていった、ひどい女……

　オレは恐い。すべての愛するものの終わりが。そしてこの生の終わりが。失われた旋律をさがすのはそのためか、何度もしがみつくのはそのためか、破壊

する者よ！　あの爆破された都市も焼けただれた林檎の老木もランドセルごと
車にはねられた男の子も狂信のなれの果て、あの哀しき君主でさえも、いずれ
全ての暗黒・全ての沈黙を打ち破り、この世にふるえなおしにやってくるはず
なのに……）
　デクレッシェンドしてゆく愛撫の波とショートした思考回路
ここは砂漠だ
死にゆく巡礼たち
歌っているのはだれなんだ
ジーン・ケリーだ　しかも踊ってるよ
オレの傘かえせ
砂漠に命の雨がふっているのだ

おぉまたやられたらしい
いつだってできやしないのさ・さかあがりのくりえし・してるみたいに
意識と無意識の

境目《さかいめ》をとらえようと思いっきりけりあげても
　　すでにあたまは
夢の中

（ジャズのテンションの高いコードを聴いていると、魂の奥底のだれにも入ることのできない、ある極点を舌で愛撫されているような、あるいは隠れていた自我を一つずつ探り当てられるような、奇妙な快感で胸が苦しくなる。それは、ワーグナーやリヒャルト・シュトラウスなどを聴いているときの、あの圧倒的な渦巻く感動とはまた違う。

　夕方から夜にかけて、そして真夜中へと人がジャズを欲する時間は、光の当たらない影の部分でだ。その奇妙な暗いエクスタシーは、聴覚からすでに始まっているのだが、心情、あるいは感受性をフィルターとし、ある固有の化学変化を経て魂に辿り着く。現在におけるジャズとクラシックは、あらゆる点で融合しているといえるが、自我にあたえ、自我を引き出す点においては微妙な温度差を感じる）

解放されたい

〝期待すること〟から解放されたい
〝うぬぼれること〟から解放されたい
私を自堕落にさせる
〝芸術への羨望〟から解放されたい
私を夢見させる
〝陳腐な才能〟から解放されたい

〝このみだらな自意識〟から
〝この平和によるジレンマ〟から
〝果てしなく求め続ける
　この満たされぬ魂〟から

私は開放されたい

あきらめることを知っていながら
あきらめることをもうけして欲しない自分から

大それた望みにのみこまれつつ、
なお一切をかける価値があるとだけ、信ずるしかない
この自我から

遠く　遠く

　　　　解放されたい

ある晴れた日に

コバルト色した空の下
久しぶりに　ベビーカーを見る
それぞれの母と子

あなたたちは　幸せそう……
絆という　見えない愛に
ふんわりとつながれて

私はただ一人　歩いている
すてたあの娘は　もう10歳
初恋は　すんだのかしら？

私はこんな天気のよい日
あらゆる悔恨に苛まれる
二人で歩いた散歩道

けしてかえらぬ日々思い
コバルト色した　空の下
あの娘への愛に　むせかえる

幸せ

公園で
無邪気に遊ぶ我が子を
夫と見守る　休日

ただそれだけで
ほかに　何もいらない幸せ

市井の人の
一番ありふれた
一番なんでもない
一番壊れやすい

ごめんなさい

「ごめんなさい」「ごめんなさい」と
このコトバが
何度も胸を締めつける
悪いのは私――わかっているのに
なぜ　言えない？

素直に
昔のように
そっと　よりそって

「あなたを愛している」　と
「あなたしか　いない」　と

今怒ったまま
部屋を出ていく　あなたの背中に
苦しいほど
心は叫んでいるのに

なぜ私は　俯いたまま
強くちぎれるほどに
唇を噛みしめているのでしょうか

こんなにも淋しいのはなぜ?

あなたのいた場所が
いまもからっぽ
北風がふくたびに
カラカラと音がする

〝なぜ恋なんてしたんだろ?〟

……そんな問いは　もうしなくなったけれど
こんなにも淋しいのはなぜ?

町はもうすぐクリスマス
今日もまた

あなたじゃない　だれかに
電話してみる

朝

朝は必ずやってくるのだ
産まれたばかりの赤ん坊にも
病に臥せる年寄りにも
背中むけあって横たわる
くたびれた　あなたたち
中年夫婦にも

言い争いをした夜
嵐のような感情を
もてあましたままに
眠れなくても

朝は必ずやってくるのだ
朝は傷ついたり
萎えたりしないから

光が瞼をくすぐったなら
もう昨日は忘れよう

そこに忘れられない哀しみが
あったとしても

朝は鋼
朝はプラチナ
朝はすべての再生のとき
静かな鼓動に、確かな脈を重ねて

ほら
朝は新しいあなたたちを
　　まっている

夕方

雲がバラ色に染まるとき
鳥が連なり　塒《ねぐら》へかえるとき
ブランコが揺れたまま
子供に置き去りにされるとき
干されたままの洗濯物が
庭草からの湿気をすいはじめるとき
会社帰りのお父さんたちが
うつむいて歩くとき

夕方
窓辺にともった　数々の灯りが
徐々に浮き立ってくる
あたたかそうに

さみしそうに
　夜のとばりを迎え入れようと

おりてくる冷気に
季節までもが急き立てられ　呑み込まれてゆく
カーテンのむこうに残された色も光も
なぐさめのようにいたいけで、
さよならしながら
明日を心細げに予感させている

夕方
私は　静かに守られて待っている
今日一日をにおわせて　帰ってくる
この家の人　あなたを
　玄関のドアのあく音を

のびてきた髭に隠された、その唇の温度を

なめらかな　絹のような

　昼と夜との

　　この　つなぎめに

片思い

放課後
だれもいない教室で
僕は君の席に腰掛けている
冷たい机に
僕は落書きをする
卑怯者は
書くことしかできないから
ジョークでごまかしたラブレター
負け犬の仕返しさ

君は僕の　弱気なそれでいて

熱っぽいこの思い
今に知るだろう
なぜなら僕は気持ちを隠しきれない
すれちがうたび
おずおずと君を窺う常習犯

いつか君の嘲笑が
僕をうちのめすのだ

だから
僕をさがさないでください　と
書いておく
ここに

「僕をさがさないでください」

人知れず

人知れず
私のおなかはすいていく。
時のたつのにしたがって。

人知れず
もうかえりみられなくなった人形が
雨に濡れている。
目を見開いたまま　微笑んで。

人知れず
あなたへの手紙がポストへいれられる。
それでも記憶の底にいる

懐かしいほど遠い　恋人からの。

人知れず
離婚届に判を押そうとする人がいる。
かたわらで眠る子供をみながら。

人知れず
あなたの部屋の　熟れた花びらは
おちてゆく。
あなたがだれかと　キスしている間《ま》にも。

人知れず
ビルの屋上に立つ人がいる。
飛び降りようとするけれど
できなくて

雑踏にまぎれ　かえってゆく人がいる。

人知れず

夜の詩（うた）

私達は鶏小屋に突っ込んだ
髪はみだれて
息はかさなり
唇から　透明なよだれが　おちてきて

私達は目をあけてた
それはスポーツ？
それは空腹をひきおこす？
それは絡み合い　絡みつき
切れない　つる
まきついた　つる

天まで　のぼろうとしている

私達は　一つになろうとして　なれなくて

お互いを　解放しようとしながら
がんじがらめになっている　哀れな
恋人たちみたい？

　愛からはじまる　この夜の連動

（最初の行は太宰の引用です）

独りのベッドは……

独りのベッドは
広すぎて
独りのベッドは
海みたい

独りのベッドで溺れても
だれも知らない　見ていない

蹴り合った
落とし合った
毛布を奪い合った
寒い日だけは

しがみついて

あんたの足……
あったかかったなぁ

独りのベッドで
寝てみたい
いつもそう言ってたけれど

こんな大きな海のうえ
ぽつりと浮かべば
なによりも
だれよりも

あんたが　恋しい

どこにもいかないでください

どこにもいかないでください
ほんのちょっとの　そっけなさが
充分なほど私を傷つけるのです

どこにもいかないでください
サティの音楽みたいに
不安にさせないでください
ふいに消えちゃう　そんな予感がする

どこにもいかないでください
人の心なんて
いたずら好きの神様がつくった

ろくでもない悪ふざけ
ろくでもない悪ふざけに
ふりまわされて
好きになるとは
負けること

どこにもいかないでください
昔私を抱いて　去った人のように
今私を抱いて　静かに
眠る人よ……

だからキャンプなんてするべきでなかったのだ

（夜は葬りされない）

眠られぬ人は
眠られぬ　けして
私は自らの欠落点を　またもや
ここで　確認する
かといって　鳥でも虫でもなく
人であるがゆえに　安らかに
眠れる人々とその安堵に
嫉妬する　（一体どのテントだろう）
とまったりはじまったり　気まぐれな
大いびきに　苦しみながら……

眠られぬ　ゆえ
何度も野原で　おしっこをする
お月さまに　てらされて

おなかがすいて　トマトをかじり
ひきさかれたノートの切れ端と
一本のボールペンを
取り出してみる。

夜は
ひっそりと
私をさいなんでゆく
…………

いま私の
かきかけの
詩の上を
一匹の蟻が　忙しそうにはいまわっている
おまえ——夜を
食い潰してくれ。

カナシイ

吐いて
投げつけた言葉を
とりかえせたら……

それはナイフのように
あんたを刺したね

壊れた時計
まるででたらめな時を指し
暗い部屋に
血で染め上がった
こころが二つ

「カナシイ」
　　「カナシイ」

涙もなしに泣いている
あんたもあたしも泣いている

「カナシイ」
　　「カナシイ」

聞こえてくるのに
耳閉ざす

心　土砂降りの
　　　　　　　雨がふる

母へ

あなたの服を着てみれば
あなたにそっくりです
面長なのも、痩せているのも、
淋しげなのも

あなたのようには　なりたくないのです
それなのに　年追うごとに
あなたに近づいていくのは
なぜでしょうか

しばらく逢わないでいると
風船が　しぼんでいくように

どんどん　小さくなっちゃって……
それは
心ない歳月の魔法ですね
目を背けることのできない

私の幸せはあなたの幸せなのに
あなたの幸せは私の幸せではない

簡単な哲学を覚えた、かつての子供は
もはや
あなたのようには　なりたくないのです
それなのに

遠くで老いて、弱ってゆくのであろう
そのただ一つの体と

娘を思いやっては胸を痛めている
そのただ一つの姿ばかりが
うかんでは
私の脳裏の糸車にひっかかるのです

妻に

あなたに笑っていてほしい
あなたに歌っていてほしい
あなたにたくさん食べてほしい
あなたに安らいでいてほしい

あなたは
日々の絶え間ない労苦に
疲れていて　心にかさぶたが

できていて
声も低くなり
昔の華やぎは
遥か彼方
黄昏に容赦なく
背中おされ
小さな肩にのしかかるのは
生活……そしてまた生活

おぉ　僕たちはぶらさがってきたのだ
妻という
やさしさに
母という
確かさに

あなたには
あなたなりの
孤独があり
果たせなかった
愛　があり
まだ見ぬ夢さえ
あるかもしれないのに

おぉ　僕たちが許さなかったのだ
それを口にすることを

大切な人……
　大切な人　出来るなら

笑っていてください
歌っていてください
たくさん食べてください
安らいでいてください

なぜ年月にしたがうのか
老けてしまったあなたをみていると
僕をやり場のない
痛みがおそう

そして愛が

ようやく

どこにあるかを知る

（いままでに出会った、心やさしい奥さんたちに贈る詩です）

おばあちゃん

おばあちゃん

秋晴れの日
何万キロもはなれたあの地で
あなたは畑におりている。

あの梯子《はしご》をつかって、線路ぎわの畑におりるのだ　そろりそろりと
もちろん梯子がたおれたら　ひとたまりもない。
たおれなくても
おちる可能性がどれだけ高いか。

かといって天気の悪い日、たった独りで

電気もつけず、テレビをみている姿を思うと
こっちの方が滅入ってくる

部屋はどうしたのだろう
もう一階に移ったのかしら？
私たちがこなくなったのだから
あの座敷はもともとあなたのためのお部屋だったのだ。
いつも若い夫婦に遠慮していたものね。
そう、楽しそうに、私たちを迎え入れ、
そう、さみしそうに、手をふって見送った。
玄関の石畳の上で、季節ごとの花や緑にかこまれて。
「……寂しさに慣れてしまったころ
華やいだものたちがやってくる。
それが消えてしまったら　またしばらくは
おそわれる孤独とたたかわなければならない」

たしかそういうことを、私が訪れるたび
つらそうに話していた。

郷愁は、距離に比例してつよくなるらしい
ふいの電話の音が
サイレンのように響きわたると
何か　悪い知らせなのかと思ってしまう。
北国にきてから
こんなふうにいつもビクついているのだ

かなたでの
あるいは死であるかもしれぬものを
予想して

秋晴れの日

あなたの頬をなぜた風なのか
冷たくなり、水分もとばされて、
私の頬をたたくように、どこかへながれてゆく風

逃れられぬのなら
どうか穏やかな死を
あなたの穏やかなそのお顔……
年月を経て、優しさと、かしこさとがしめやかにのこされた
そのお顔を

神にさえゆがめさせられたくはない。

DEAR H.

あなたを信じています。
だからもう、こわくなどない。
（じょじょに時は過ぎ、
気がつけば　雪のように　ふりつもり
無惨にも溶け去って行く。
隠されていた地面とひきかえに
だれからもかえりみられなくなるまで）

あなたを信じています。
そしてあなたは
私を信じています。

昔、あなたを待っていた——
喜びはいらだちへ
いらだちは絶望へ
他になにもなかった
〝待つ〟という行為の他に

あぁ　今私は　確信にみちている
あなたは私のそばにはいない
けれど私はあなたを感じることができる。
ただ信じることによって……

4月の夢

4月の夢　染まりゆく……ピンクの
あなたをこの手で葬ろうか
桜が消えてしまわぬうちに……
あなたの・薄い・洋服・白すぎる胸に流れるその血

行き交う人たちに、指を離されそうになるのが
こわいのか?
徐々にひらきゆく、あなたの唇を私は知っているのに
沈黙する世界の中で（世界に意味など求めはしない）
この桜の狂乱……私は知っている。
あなたの壊れそうなのど首からもれる・告発とゆらぎのため息を・耳たぶの
小さなほくろと・その冷たさと・快感の序奏を

性の化身であるそのやわらかさ・あふれでる・そのあたたかな海
ひたされて・震えながら・微笑む・マドンナの暴露される歓喜
とかれてゆく呪文・秘められていたあなたへの
私による爆発的回帰。

引き金はひかれ・一瞬の閃光——狙われた花の死。

4月の夢……染まれ……ピンクに
私はあなたに葬られよう……

花いちもんめ

幼い頃　たしか遊んだ
〝花いちもんめ〟
名前を呼ばれず　取り残されてゆく
思い出

だれか私を名指してください。
だれか私を求めてください。

今、蝶のように
　歌いながら
　　まわりながら
心はいつも

〝花いちもんめ〟

あぁ……あの日のちっちゃな、
　泣きだしそうな、
自分がみえる。

時ハ、流レテユク

時ハ、流レテユク
僕ハ、焦ル
地球ハ、回ッテイル
僕ハ、気ヅキモシナイ

憂イハ波ノヨウニ　ヨセカエシ
ナノニ
僕ラハ笑ッテイル
偽物ノ　つるり　トシタ笑顔デ

時ハ、流レテユク

僕ハ、今ニシガミツイテイル
日ハ沈ミ
途方ニクレテ
夜ガ来テ
朝マデ悪夢ニ、オッカケラレテ
逃ゲテモ　逃ゲテモ　オッカケラレテ

目覚メタ時、百年ホド老ケテル
汗ハ心臓ニ、カラミツキ
ソコカラ始マル変ワリナキ日常
延々ト
延々ト
ジュミョウ　ダケヲ　チヂメナガラ

時ハ、流レテユク
僕ハ、今日モ帰ッテキタ

ココヘ――
他ニ　ユク場所《あて》モナク

帰ッテキテ　ヨイノカ
　　　　　　ワルイノカ

ソレサエモ　　ワカラヌママニ

夜明け前

第一の記録

痛々しい幼少のころの屈辱
（親は物陰で私を「バカ」だと言い続けていた。
哀れ、子供の耳。センシィティヴであるがゆえの嘆かわしさ。
悪夢。徹底的に向かないものの数々。
算数だとか、ソフトボールだとか、規則だとか
なぜか止めさせてはもらえなかった。
自己を押し殺し、ただできないまま
不安で胸を痛め続けた）

しだいに醜くなる顔つき

（日々の日課に押しつぶされれば、二度と
立ち上がれなくなると本能的に知っていた私は
その殺人的スケジュールに、溺れながらも生き長らえた。
廊下に張り出される順位と名前だけに親は喜び、先生も満足するので、
私は日がな勉強し続けた。止まれば爆破するエンジンにも似て、窓辺に映る影は
いつもうつむいていて。
努力はデータに華々しく実ったが、人を蹴落とすことを覚え込んだ学徒の笑顔は
すでに　硬化していた）

受験がおわって、魂は抜け落ちた。
もう二度と勉強はしなかった。しなくても許される時がきたのだ。
今まで覚えた事は役に立たず、
私は夢や恋だけに生きた。
花咲く乙女たちのあいだで、恋人の話しをしない日などなかったけれど
なぜ流れたのか？　無意味な涙よ。「愛している」とは

責任など考えもしない、無邪気な嘘にすぎなかったのに。
夢を求めようとすると、大人は（少なくとも私の出会った大人は）
あきらめるよう諭した。
そうすることが、思いやりであるかのように。

声がする。

「そんな職業で、どうやって暮らしていく？」

声がする。

「親のいうことをきいていれば、間違いないって」

しくまれたレールの上を身じろぎもせず、走れば一番いいらしい。

生徒の倍以上生きていても、頭がどんなに良くても、先生と呼ばれていても、
行き先も自分で決められぬ電車が
いずれ脱線することさえも分からなかったのだろうか。

第二の記録

私は何かをさがしていた。
それはたやすくみつからなかった。
求め、追いかけ、つかんだものは、すべてちがうものだった。
破壊しそうな情熱をかけて、なにもかもを犠牲にし
なにもかもを踏み台にしてつかんでみても
私の汚れた手にあるものは、もはや灰にすぎない。それは形骸と化した幻の夢。
幾度繰り返しただろう。そんな失望と無力感を。

ふいにわきおこる　波のような感情――それが何かに気づくまで。

それは5月にたゆたい、5月にゆだねられた、黄金に光る5月そのものといった海を見つめているときであったり、
たそがれに、トーンの際だったあの、沈みゆくあるいは気ぜわしげな町の帰路の途中であったり、ベートーヴェンの第5交響曲のはじまり。必然であるあの扉を叩く音の響きわたるこだまであったり、指からこぼれ落ちた真珠。生まれては次元を満たしていくピアノとハーモニカの音による永遠に至るブレス。アルバム「アフィニティ」のはじまりのコードから残響の透明さにいたるまでであったり、4月。モーツァルトとのドライブ。ジュピターの第四楽章の浮遊する世界を駆け抜けていく、アクセルを踏み込む者の歓喜。あるいは作曲家の固有の精神を探り当て、その深淵に浸されたときの震え。快感による悪寒、圧倒的な自己脱却であり、自己認識であるその瞬間をだれも知らない、だれもわけあえない、極めて個人的な、精神的に裏打ちされた幸福感。否、幸福感では足りない。それは私の未来を予感させるもの、私の私であることのただ一つのあかしであるもの、私に授けられた可能性が、ただ一つの道に通じているという確信。

夜明け前
私は自分の生を肯定している。
私は進むべき世界を知り、目覚めた。
私はもう何者にも騙されない。
私は何のために生きるのか
それは果たされなくても
本能の呼ぶ声に従い
未来に残すためにだ。

感動を。

少年の指

午前2時
ゲームに憑《つ》かれた
少年の指

激しく動く

画面は揺れて
彼まで揺れて

とどまるところ　知らぬ戦い
これもひとつの　今なのか

少年はその指に
呪文をかけでもしたかのように
命なき物語を
極めていく

夜はますます
　　　深くなり
眠りをむさぼる人たちを
闇のなかに
おきざりにして

さよなら

昔聞いたことがある
〝哀しいほど
　　　　　お天気〟って
空が高い

青すぎるなかに　ひとつ風船が
うかんでる

どこからか、運動会の音楽が
ながれてくる
だれかがビリでゴールして
泣きたい気分で

この世を恨んでいるはずだ

「さよなら」
秋の空に叫んでやる
ゴール前でつまずいた

ほら
失恋がひとつ
うかんでいくよ……

耳そうじ

ママの膝枕
耳そうじをしてもらえば
意識がとろけていった

やわらかな
昼さがり
庭の金魚草が
しずかにゆれて
私は
うっとりと微笑みながら
ママとお話した

なにも考えないでよかった
そのときだけは——
私が全てだった　ママの愛を
むさぼっていた

いつのまにか
私は知ってしまった
愛が
枷《かせ》になることを
愛が
凶器になることを

ママの膝枕

耳そうじをしてもらえば
意識がぼやけていった

あの安らぎを懐かしみながら
愛ゆえに

今　私は苦しんでいる

犠牲者

まったく
幼い子供ってのは　いつだって
親の犠牲者

あるときは　心臓をさしつらぬくその　ことばで
あるときは　おごれる力にまかせて

ねじってしまう
千切ってしまう
傷つけてはならないものを
傷めつけて

愛にあふれた　眼差しを
濁らせていく
怯えさせていく
うつしてはならないものを
　　　　　　焼き付けて

日々はせつなげに呼吸していて
　生きていくことの
重たすぎる　この旅路の始まりに

生まれて初めて
愛したあなたたちから

ねぇ！　こころを
　ねぇ！　こころを

壊されていく

抱きしめてくれるなら

抱きしめてくれるなら
何も　言わなくていい
抱きしめてくれるなら
ヒトミをふせてていい
抱きしめてくれるなら
寒い日もいい

　あなたの肩に
　　最初の雪が
　　　おちてきて……
コキュウ　がかすかに

まるく重なり
クチヅケ　するのは
いい

ダメな女

愛をうっちゃって
部屋にとじこもり
未来を思うと
まっくらになる――

おまえの詩に
どれほどの意味があるかさえ
わからない
それでも
もうあともどりできないのだろう

おまえはいずれくる

一切との決別の前に
大切なものを思っては

めまいのなか
うずくまる　独りの女

独りの
　ダメな女

もはや　逃れられない

1

また今夜
おまえもとめて
泣くでしょう
おまえ　を　もとめて。
つきはなしつつ

つながりは
いたいけなほどに
つよい

よって愛は逃げ場なく
ただ

私をくるしめるために
ある

2

火事になったら
アルバムもビデオも
燃えるでしょう
おようふくも
おうちも

わたしの作品も
燃えるでしょう

そして
わたしの
意志だけが
のこるでしょう

ぽつねんと
あてもなく

3

かなしいのだ

かなしいとは　陳腐なことばで
私は
かなしいなどと
言いたくないが

かなしいはあふれてくる
そこらじゅうに　そして

私を　支配する

4

なぜ行かなかったのか……

行けばよかったのだ　今日こそ
心臓はまっている
破裂しそうに……
私の出立を。

5

夜を忘れられたら……
眠気は一度遮られると
もう二度と近づかない
私はアリがこわい
私はいびきがこわい

私は尿意がこわい
私は眠れるかどうかがこわい
そのうちに私のおなかはすいてきて
夜のしじまに
時刻はずれの明かりがともる

6

もうあのひとから
メールがこない

一方通行はどうにもやりきれないものだ

たとえ仮想の世界といえど
わたしの意志は生きていた
いつしか
受信箱は飢えていた

まちわびている
わたしは
今日も
裏切られ
いや
期待しなければいいのだが
期待はいつだって裏目にでるのだから

もうあのひとから
メールがこない

わたしはいつになったらその現実を
うけいれられるのだろうか

あとがき

私が詩というものらしいもの　を書き始めて三年以上たつのでしょうか。

私にときおりこみあげてくる波のような感情、それは　表現しなければならない　というせっぱつまった使命だと気づいてから、いろいろな大切なものとひきかえに、自分自身の魂のもとに閉じこもりました。

もちろん、進むべき道がこのようにして暗示されたからといって、すぐに納得のいく作品ができるわけではないのでした。イモ虫のように這っているのは楽しいことではありません。けれど、私の思考など超越したところでふいにあたえられるコトバがあり、それを受けとめることができたとき、かろうじてこの、無意味にみえる生のあるべき姿がみいだせるのでした。

作品は、ネガティブなものが多く心苦しいのですが、私自身が惹かれる詩もほとんど憂いをおびているものなので、その影響もあるのだと思います。

それにしても、この詩集はだれかに読んでもらうことができるのでしょうか？　今は少しでも、多くの方に読まれることだけを願っています。

祈りのように。

ダメな女

2000年11月1日　　初版第1刷発行

著　者　　美砂《みさ》
発行者　　瓜谷　綱延
発行所　　株式会社文芸社
〒112-0004　東京都文京区後楽2-23-12
電話　03-3814-1177（代表）
03-3814-2455（営業）
振替　00190-8-728265
印刷所　　株式会社平河工業社

ISBN4-8355-0143-8 C0092